LE THÉATRE

ET LA

MUSIQUE A POITIERS

◄●►

REVUE

PAR DURANDAL

—

Prix : 25 centimes

—

POITIERS

CLER ET MARTIN, LIBRAIRES

—

1867

LE THÉATRE

ET LA

MUSIQUE A POITIERS

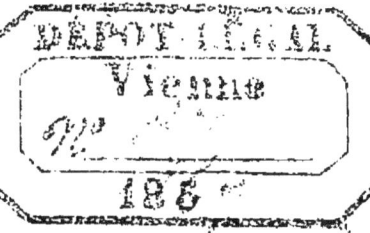

REVUE

PAR DURANDAL

Prix : 25 centimes

POITIERS

CLER ET MARTIN, LIBRAIRES

1867

POITIERS. — IMPRIMERIE DE N. BERNARD.

THÉÂTRE

ET

MUSIQUE (1).

———◦◦———

Puisque notre confrère du grand format, dont on nous a annoncé la compétence en matière théâtrale et musicale, paraît s'occuper spécialement des nouveautés de la capitale, nous allons essayer, nous qui sommes essentiellement poitevin, de parler un peu de notre vieux pays, de son théâtre et de ses artistes.

La saison d'opéra, attendue avec impatience, nous faisait espérer une revanche

---

(1) Cet article, destiné au *Glaneur*, n'est arrivé qu'après la mise en pages; ne pouvant pas, à cause de l'actualité, attendre le prochain numéro de ce journal, nous nous sommes décidé à le faire paraître sous forme d'opuscule.

complète de l'année dramatique (qui n'a pas donné précisément). A qui la faute? est-ce à l'indifférence du public ou aux combinaisons de la direction que nous devons ce ralentissement funeste à tous? Jetons un coup d'œil rétrospectif sur les années précédentes. — A son début parmi nous, M. Filhol, avec une troupe d'opéra très-satisfaisante, a trouvé le moyen, sans aucune subvention, d'opérer des bénéfices, de s'attacher le public poitevin et par suite d'obtenir la direction privilégiée du théâtre — C'était adroit — Depuis cette époque, il a entretenu chez nous l'amour musical avec quelques interprètes consciencieux et pleins de mérite que tout le monde a appréciés; mais la saison dramatique dernière n'offrait pas sans doute les attraits rêvés par le public, puisque, de son aveu même, le directeur accuse des pertes notables. Il y avait cependant d'excellents sujets dans cette troupe :

Mmes Fontaine, Grain, Giraud, Demen-
the; MM. Fouet, Lavaud, Decourcelles,
Baratte et Laclaverie (comme troisième
rôle). Qu'y manquait-il donc? un jeune
premier, un comique de genre, une soubrette
et une grande coquette — La partie comique était bien pâle relativement aux années
passées, et gâtés comme nous l'étions depuis
longtemps, il nous était dur de tomber sur
des nullités. M. Filhol est pourtant un
homme intelligent, rompu au métier, fai-
sant travailler ses artistes, soignant sa mise
en scène, — aurait-il reculé devant quelques sacrifices? nous le craignons, et c'est
vraiment dommage, car un bon administra-
teur ne devrait pas oublier qu'il faut savoir
semer à propos pour récolter, et que le public est un enfant capricieux, avide de
friandises, qui murmure d'abord, se fâche
ensuite, et finalement se venge sur de pau-
vres diables qui n'y peuvent rien.

Espérons que l'épreuve sera profitable et que nous n'aurons plus à enregistrer que satisfaction commune, gains réels pour le directeur et bienveillance générale.

Examinons maintenant le personnel actuel de la troupe. Si quelques artistes nous trouvent sévère, qu'ils ne s'en prennent qu'au désir que nous avons de les voir réussir; ils nous trouveront toujours prêt à signaler leurs efforts et leurs progrès comme nous dévoilerons sans pitié leurs abus et leur obstination.

Mlle MASSÉ

débutait jeudi dernier dans *la Favorite*. — Bien que chaque artiste ait ses préférences et ses aptitudes particulières à tel ou tel rôle, nous croyons pouvoir prédire que *le Trouvère* et *la Norma* conviennent mieux aux grands airs tragiques de Mlle Massé que *la Favorite*. — Sa voix puissante est fraîche et sonore, mais elle souligne trop ses gestes et son chant et ne produit pas l'effet qu'elle en attend ; mieux vaut pourtant pécher par excès que par insuffisance. — Son 4ᵉ acte a été mieux interprété.

L'émotion inséparable d'un début doit être comptée à l'artiste ; aussi nous sommes-nous entièrement associé aux manifestations favorables de l'auditoire et à l'hommage du bouquet qui lui a été jeté.

Mᵐᵉ NORMANI

est toujours la gracieuse cantatrice que nous connaissions — espièglerie, naïveté, finesse, distinction ; tous les sentiments et tous les caractères sont traduits par elle avec des expressions heureuses : qu'elle soit la chaste et rêveuse Marguerite, la fée enchanteresse ou la sémillante aragonaise *du Domino*. — Certes, la critique a toujours à mordre, même chez les organisations les plus favorisées, la

perfection complète n'étant pas chose ter-
restre, mais peut-on demander à un sujet
de vocaliser comme Mme Damoreau dans un
rôle qu'un auteur a composé spécialement
pour les moyens de cette cantatrice! — Nous
ne ferons que deux observations à Mme Normani : l'auditoire est initié à ses impressions
personnelles par ses sourires et ses intel-
ligences. La scène, à notre avis, doit être,
par respect du public, inviolable pour
l'artiste, et celui-ci ne devrait jamais oublier
qu'il n'est pas lui ; on trouve générale-
ment que Mme Normani se ménage trop. —
A bon entendeur salut.

Mlle LECLERC.

Voix fraîche, mais pas sûre— petit poisson
deviendra-t-il grand? Nous le désirons —
moyens de ne pas se laisser prendre à l'ha-
meçon : se défaire de ses petits airs de pen-
sionnaire ; ne pas se débarrasser trop vite

des morceaux ou des couplets qu'on a à
chanter; enfin s'observer beaucoup.

Mme ANSELME

remplit avec soin les différents rôles dont
elle est chargée; nous l'en complimentons et
nous protestons hautement contre ces ex-
clamations de mauvais goût qui pourraient
la froisser, si son caractère n'était pas excellent.

VIARD.

Nous déplorons vivement la retraite de
cet artiste qui nous a montré de bonnes qualités et qui fera, nous n'en doutons pas, un
excellent ténor léger; avec des exercices fré-
quents il arrivera certainement à vaincre ou
à atténuer sérieusement les aspérités de son
organe; sa voix un peu couverte réclame
des soins intelligents et un travail assidu;
il a aussi parfois des faiblesses inattendues
qui disparaîtront dès qu'il se possédera

mieux et qu'il sera maître de sa voix ; ses progrès sont très-sensibles depuis ses débuts avec Dépy.— Espérons qu'il nous reviendra plus tard avec des qualités éminentes ; sa bonne tenue et sa distinction naturelle lui valent déjà de nombreuses sympathies ; — nous nous plaisons donc à lui dire : Au revoir et bon courage !

CASABON.

Notre ténor pour tout faire interprète beaucoup mieux le grand opéra que l'opéra comique, et c'est dans ce dernier genre surtout que nous regrettons de ne plus rencontrer Viard, par intérêt pour les deux.

Qui trop embrasse mal étreint.

Nous n'avons jamais compris, pour notre part, ces doubles engagements, et nous nous demandons comment un chanteur ose accepter de pareilles conditions quand il

est persuadé d'avance que les deux emplois
ne peuvent s'alterner sans qu'une tran-
sition fâcheuse vienne dérouter sa voix, et
intimement convaincu qu'il sacrifiera for-
cément l'un ou l'autre, souvent tous les
deux. — Le directeur peut y trouver son
compte, mais l'artiste y risque sans pro-
fit sa santé, sa réputation, ses succès, et
c'est regrettable. — Casabon a chanté le
rôle d'*Arnold* avec une rare énergie; il a été
de beaucoup supérieur à Massy dont la voix
puissante et pourtant mieux douée semble comprimée par une nonchalance in-
domptable, sans parler de son oreille mal-
heureuse; ses mâles accents de vengeance
ont pénétré tous les cœurs comme ses élans
passionnés les avaient déjà séduits, et c'est
avec un enthousiasme véritablement fréné-
tique que la salle entière accueillait ses expressions d'amour, de tendresse filiale et
d'indignation.

On nous a assuré, monsieur Casabon, que vous aviez chanté à deux répétitions avec un pareil entraînement — c'est de l'imprudence ; et *Faust* est là pour nous appuyer. Bien que placé au second plan dans la partie lyrique où Méphisto et Marguerite accaparent tout l'intérêt, votre rôle ne doit pas passer ainsi inaperçu ; vous étiez visiblement indisposé, et nous vous engageons à l'avenir à ne pas jouer avec ces fatigues. Vous avez besoin de soigner vos notes aiguës et leur sonorité sera beaucoup plus appréciable quand vos efforts seront moins sensibles. — Ah ! ce n'est pas un métier facile que le vôtre, et si vos appointements sont beaux (nous parlons des ténors en général) vos sujétions sont grandes et vos privations intimes justifient amplement les exigences de votre emploi. — Vous avez fort bien chanté *la Favorite*, et nous vous en félicitons avec plaisir ; mais en vous quittant

nous vous donnerons un conseil amical :
pour plaire au public il ne faut pas seulement flatter ses oreilles, ses yeux réclament
aussi une part d'admiration et vos costumes laissent un peu à désirer ; tout s'use
ici-bas — les vêtements surtout.

WILHEM

possède un registre très-étendu qui surprend
d'abord chez un baryton ; il a des notes
graves qu'envierait plus d'une basse chan-
tante, et ses notes aiguës lui feraient le plus
bel honneur s'il n'en abusait pas tant.

Nous avons des reproches sérieux à vous
adresser, monsieur Wilhem ; et d'abord quel
est l'éditeur qui vous fournit vos partitions?
Où avez-vous appris *le Maître de Chapelle*,
la Favorite, etc.? — Ah ! monsieur Wilhem,
s'il est une chose intolérable en musique,
c'est assurément le caprice ou le mauvais
goût d'un chanteur qui le porte à dénaturer

l'inspiration d'un auteur. Ne touchez pas
à cela, diront vos maîtres! — c'est un sa-
crilége. — Un garde champêtre vous dres-
serait un procès-verbal pour chasser au-delà
de la propriété sur laquelle vous êtes auto-
risé; — nous nous bornerons à vous avertir
que vous suivez une route dangereuse. —
Vous avez la faculté de changer les points
d'orgue, contentez-vous de cette latitude,
si vous tenez à vocaliser dans le domaine du
ténor; — remarquez que nous ne vous y
engageons nullement, en vertu du proverbe :
A chacun son métier et....... vous savez le
reste. — Un autre penchant que nous con-
damnons chez vous, c'est votre manie de
ralentir à tout propos; la mesure est encore
une propriété de l'auteur — n'en sortez pas!
ou bien, si vous êtes gêné, faites-le avec
discrétion, mais ne forcez pas le chef d'orchestre à vous attendre constamment, —
ça l'ennuie, ce malheureux! et le spectateur

donc! Prenez garde aussi, quand vous êtes
souverain, à ne pas tomber dans des fami-
liarités de mauvais aloi ;— elles compromet-
traient votre dignité — fussiez-vous en train
de vagabonder dans *le Moulin de Pérés.*

DUPIN

est taillé en Méphistophélès, et il s'en tire
avec succès dans ses couplets de Satan où
sa voix métallique est ici en rapport avec
la situation. — Acteur laborieux ; chanteur dévoyé.

On vous a dit, n'est-ce pas, monsieur Dupin, qu'il existe une école nouvelle où l'on
sanglote avec acharnement? — On vous a
trompé: c'est une petite perfidie qu'inventent
toujours les gens fatigués pour justifier leur
impuissance — et vous n'en êtes pas encore
là — habituez-vous dès aujourd'hui à poser
les sons, travaillez surtout vos notes graves,
et vous pourrez les tenir sans faire à chacune

d'elles ces trilles désordonnées qui éner-
vent et fatiguent l'auditeur.

DUPLESSIS

Notre second ténor a beaucoup de tenue
et connaît ses planches; nous voudrions le
voir souvent jouer avec sa femme ces mi-
gnardises friandes qui ne déparent jamais
le festin de la soirée; mais il ne suffit pas
de bien jouer dans un opéra — même comique — il faut encore chanter — juste.—
La bonne volonté et l'intelligence triom-
phent toujours.—Essayez-en, monsieur Du-
plessis — vous verrez.

SANDRÉ.

Bonne voix de trial et quelques notes
excellentes au-dessus de l'entre-sol (comme
dirait Decourcelles). S'il veut seulement les
mettre à leur place, nous sommes certain
qu'on l'applaudira. — Comique agréable,
d'ailleurs.

MONTENGÉRAND.

Artiste consciencieux que nous connaissions déjà et que nous ne regrettons nullement de revoir.

LEIX.

Comme chanteur...... fait très-bien les
annonces.

LES CHŒURS

des deux sexes marchent avec un ensemble
très-satisfaisant, et celui des soldats a eu les
honneurs du bis aux représentations de
Faust. — C'est très-bien ! mais que d'ana-
chronismes dans les costumes ! — chez les
femmes surtout. — La direction devrait
bien empêcher ces exhibitions malencon-
treuses, dans un couvent, de sœurs dépa-
reillées. — Ça fait rire, c'est vrai, mais
que peut gagner la pièce à ces mascarades
insensées ? — Quant aux feux de bengale

qui remplacent le clair de lune, leur
poésie ne nous est pas encore suffisam-
ment démontrée. — Il nous semble qu'une
machine électrique n'est pas si difficile à
rencontrer dans une ville qui possède une
faculté des sciences; dans tous les cas
qu'on nous réserve les feux de bengale pour
les mauvais jours — nous attendrons.

L'ORCHESTRE

quoique incomplet toujours, est cependant
supérieur à celui des années précédentes,
et nous adresserons particulièrement des
éloges à la clarinette, au violon-solo et au
jeune hautbois; mais en général l'accompagnement est trop accentué, du côté des
cuivres notamment, malgré un certain
progrès qui, depuis peu, est très-appré-
ciable. L'ouverture passablement tronquée
de *la Favorite* n'a peut-être pas été par-
faitement exécutée, mais en revanche celle

du Domino a été enlevée avec beaucoup
d'entrain.

Le directeur a perdu son procès relativement à l'envahissement de l'orchestre —
il a bien fait.

14 juin.

Depuis l'envoi de cet article, nous avons
entendu *Charles VI*, cette partition superbe
qu'Halévy, avec sa prodigieuse facilité, refit
peut être vingt fois pour complaire aux exigences de ses interprètes. Nous n'avons pas
le loisir de faire ici l'historique remarquable
de cet ouvrage, ni de disséquer une à une
toutes les perfections qu'il renferme, mais
nous dirons combien est puissante l'âme qui a
jeté avec tant d'abandon ces accents passionnés, ces cris de douleur et de profonde indignation, sur des cordes inconnues vibrant
d'une façon dont l'auteur possède seul le secret. — Mlle Massé, écartant un peu sa rai-

deur dramatique, a été plus souple, plus
gracieuse dans le rôle inspiré d'Odette, mais
elle n'en a pas moins grossi ses effets à
l'excès. — Quelques personnes prétendent
que ce n'est pas sa voix qui est trop large,
mais la scène qui est trop petite ; nous ai-
mons assez cet argument. Et la mesure
est-elle trop étroite aussi ? que Mlle Massé
suive le chef d'orchestre (ne serait-ce que
pour prouver qu'elle est musicienne)! qu'elle
aille chercher ses notes moins loin, elle
arrivera à l'heure et n'aura pas le temps
d'exagérer ses sensations, — ce qui sera
infiniment mieux. — L'éclat n'est pas la
puissance. — Essayez des demi-teintes, Ma-
demoiselle, vous réussirez ! — Mme Normani,
dans son duo, a rivalisé d'énergie et d'entrain avec Mlle Massé. — Ces luttes de chan-
teuses nous sont très-agréables, à la condi-
tion toutefois qu'elles n'auront pas le résultat
du pot de terre contre le pot de fer. — C'est

donc à la seconde qu'il 'appartient de me-
surer son chant et de ne pas chercher à
ensevelir sa camarade qui, à son tour, n'a
pour plaire au public qu'à rester ce qu'elle
est. — Nous les attendons à *Norma*. — Le
rôle de Mme Normani ne convenait guère
à sa nature expansive et sympathique, et
elle n'a pas réussi à nous convaincre ses
monstrueuses imperfections que lui impo-
sait son personnage — ce n'est pas un re-
proche. — Casabon exprime toujours avec
goût ce qu'il ressent ; son geste sobre
arrive à propos — il est tout à la scène. Hier
sa voix était un peu voilée. — Wilhem,
avec ses cheveux trop courts et sa figure
mal faite, a interprété plus fidèlement qu'à
l'ordinaire cette partition et détaillé fine-
ment tous les morceaux du roi malheureux, quoiqu'il ait quelquefois oublié son
âge. — Quand il n'allongera plus la représentation, il sera presque parfait. — Nos

compliments pour ses costumes, ainsi qu'à Dupin, qui fait toujours deux notes à la fois. Le quatuor sans accompagnement, bien nuancé, a produit l'effet accoutumé. — Le duc de Bedfort s'est assez mal comporté; Leix ne fera pas le moindre luxe en apprenant mieux ses rôles et en les chantant moins mal.

L'orchestre n'a certainement pas brillé à cette représentation, plusieurs absences y étaient remarquées; mais il est peu charitable à certains auditeurs, quand un artiste d'un mérite incontesté est assez malheureux pour ne pas réussir un solo, d'en manifester leur joie d'une façon aussi affligeante, s'ils songent surtout que le peu de temps dont les musiciens disposent leur permet à peine de parcourir un ouvrage de cette importance.

Quelques personnes, amèrement désappointées par l'absence du cheval (il y a des gens qui aiment ça), avouent n'avoir trouvé qu'une médiocre compensation dans l'acharnement du public après un anglais — de la Charente-Inférieure — qui a eu l'indécence *de siffler le fameux hymne national.* En somme bonne représentation.

7 juin.

Poitiers. — Imprimerie de N. BERNARD.